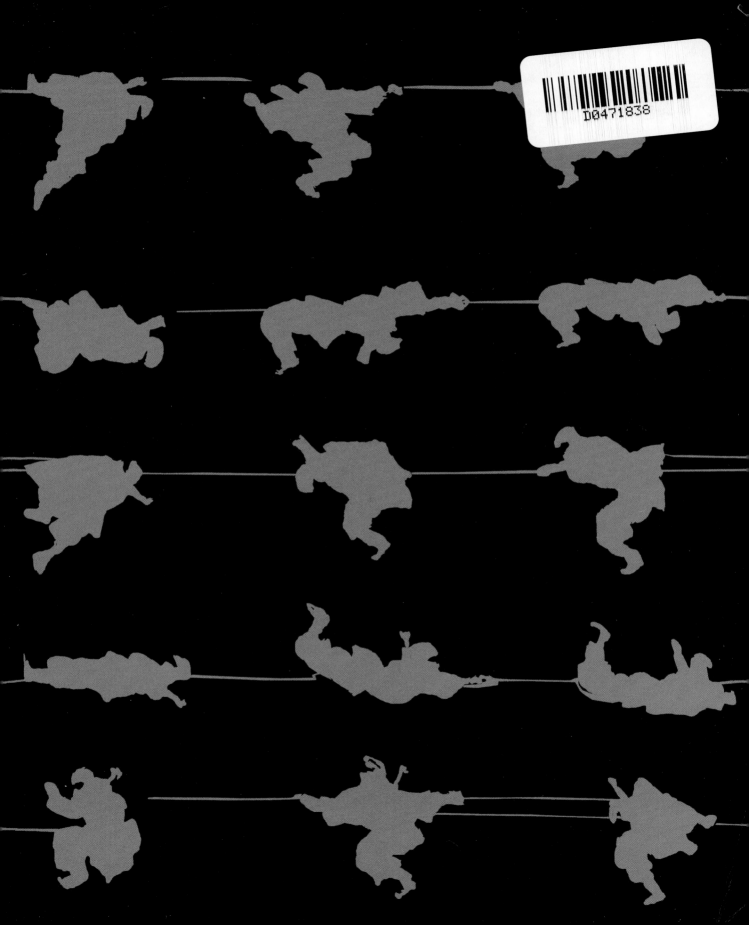

Ed Young ha ilustrado más de ochenta libros para niños, incluyendo el libro ganador del Caldecott Medal *Lon Po Po* y el *bestseller* del New York Times *Wabi Sabi* de Mark Reibstein. Ed también escribió e ilustró *The House Baba Built*, que trata sobre su infancia en Shanghái. Nacido en China, Ed se mudó a los Estados Unidos siendo joven y se dedicó al arte, que era lo que amaba. *Ninja nocturno* es el tipo de libro que a Ed le hubiera encantado de niño. En la actualidad, Ed vive en Nueva York.

De niña, **Barbara DaCosta** fue una ninja nocturna precoz que se salía constantemente de su cuna en busca de galletas y otras cosas interesantes. Ya no trepa tanto ni come tantas galletas, pero todavía le gusta buscar cosas interesantes en la vida sobre las que escribir. *Ninja nocturno* es su primer libro ilustrado para niños. Vive en Minneapolis, Minnesota.

A la memoria de mi madre:
el poder de la mente, la calidez del corazón
—B.D.

Al misterio, que captura nuestra imaginación
y la deleita por medio del suspenso y la anticipación
—E.Y.

Book design by Saho Fujii
The illustrations for this book were done in cut paper, textured cloth, string, and colored pencil.
The text was set in Kallos, and the title display type was hand-cut.

Originally published in English as *Nighttime Ninja* by Little, Brown Books for Young Readers. • Text copyright © 2012 by Barbara DaCosta • Illustrations copyright © 2012 by Ed Young • Translation copyright © 2015 by Scholastic Inc. • Published by arrangement with Little, Brown Books for Young Readers, a division of Hachette Book Group, Inc. • All rights reserved. Published by Scholastic Inc., *Publishers since 1920*. SCHOLASTIC, SCHOLASTIC EN ESPAÑOL, and associated logos are trademarks and/or registered trademarks of Scholastic Inc. • The publisher does not have any control over and does not assume any responsibility for author or third-party websites or their content. • No part of this publication may be reproduced, stored in a retrieval system, or transmitted in any form or by any means, electronic, mechanical, photocopying, recording, or otherwise, without written permission of the publisher. For information regarding permission, write to Little, Brown Books for Young Readers, a division of Hachette Book Group, Inc., 237 Park Avenue, 15th Floor, New York, NY 10017. • ISBN 978-0-545-90646-3
10 9 8 7 6 5 4 3 2   15 16 17 18 19/0 • Printed in the U.S.A.   40 • First Scholastic Spanish edition, September 2015

—Dulces sueños,
mi ninja nocturno.

—¿Qué te parece la misión de volver a la cama?

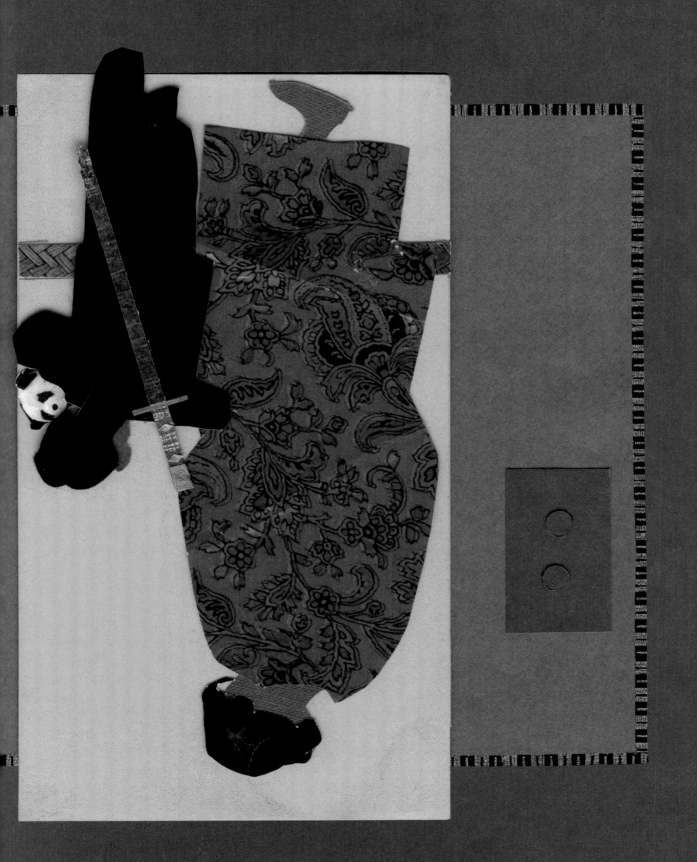

—Dámelo, señorito.

—Pero no he terminado mi misión.

—¿Qué estás haciendo?
—preguntó su mamá.

—Nada.

De repente, ¡las luces se encendieron!

y comenzó a trabajar.

Sacó sus herramientas

Esperó... ¡atento!

y se quedó
arrodillado, oculto
entre las sombras,
escuchando.

Se deslizó por el corredor
serpenteante iluminado por la luna

La casa
estaba en
silencio.
Todos
dormían.

se equilibró y saltó.

Paso a paso,

el ninja trepó y subió.

Colgado de una soga,

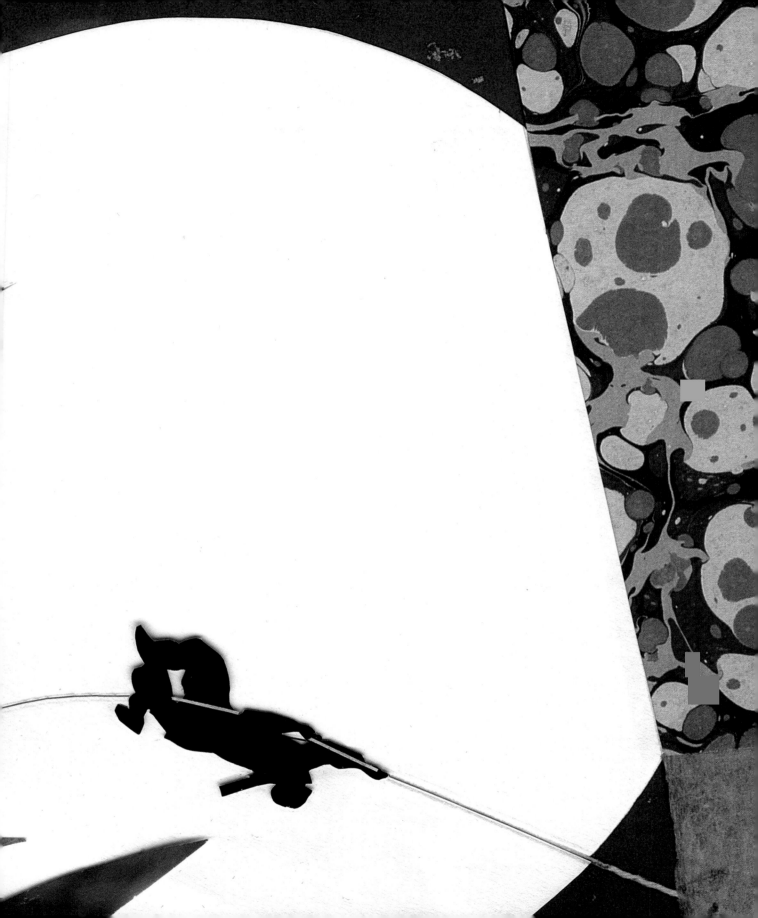

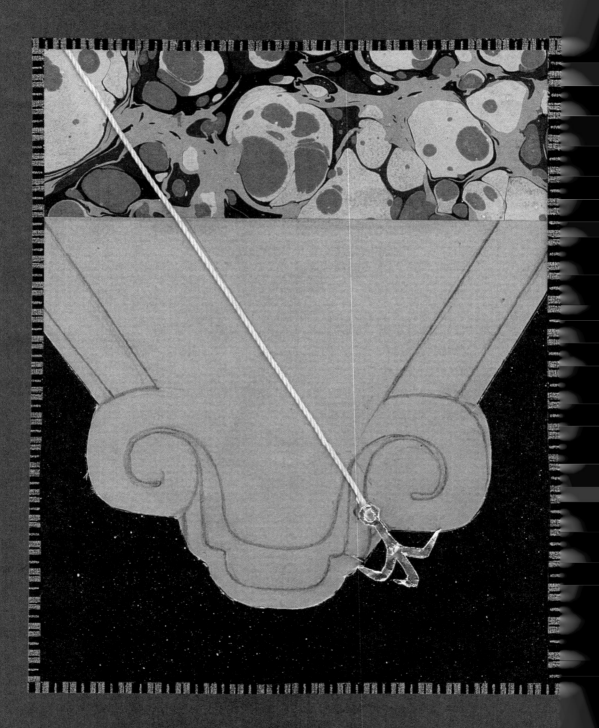

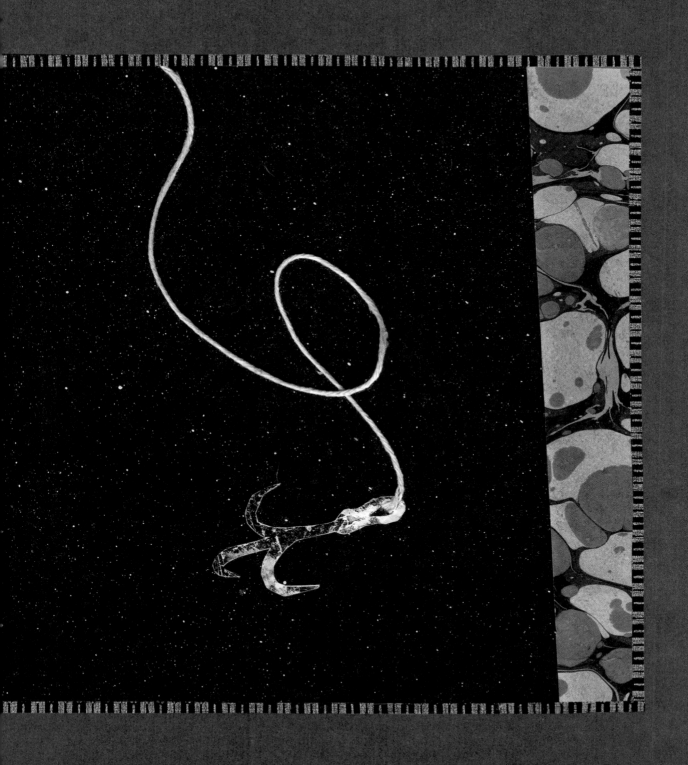

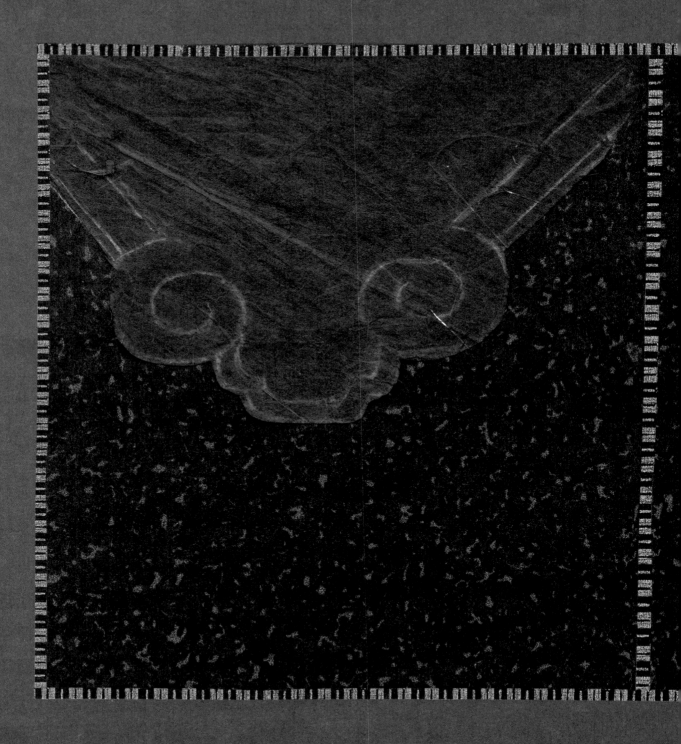

Era medianoche...

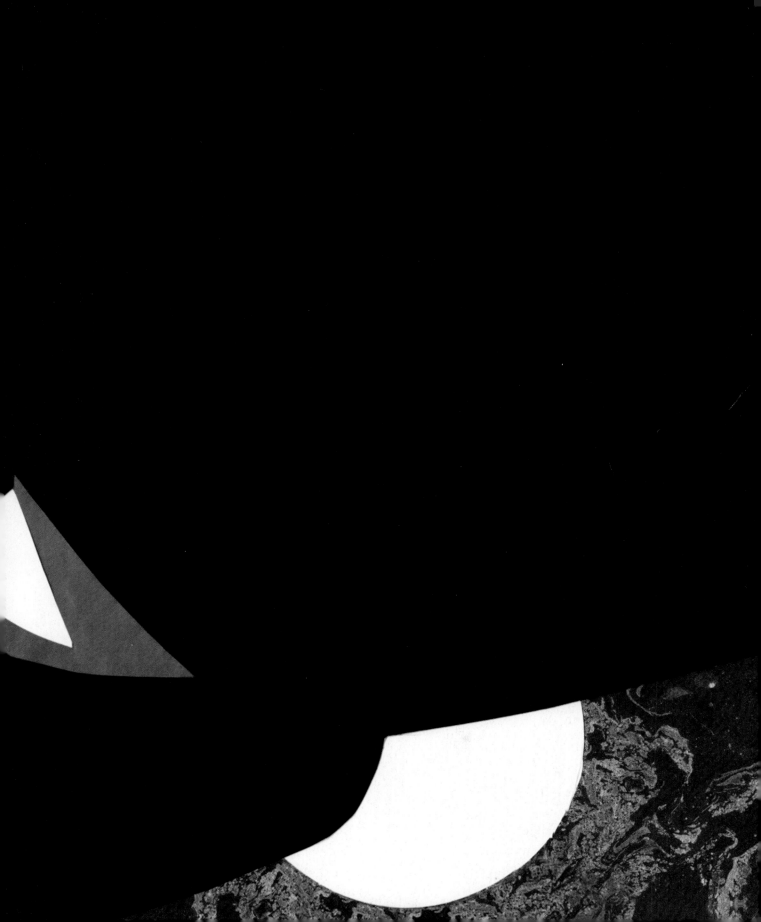

Ninja

nocturno

Barbara DaCosta ✖ Arte de Ed Young

SCHOLASTIC INC.